구두를 신고 잠이 들었다

구두를 신고 잠이 들었다

강성은 시집

창비

차 례

제3부

제1부

세헤라자데

옛날이야기 들려줄까 악몽처럼 가볍고 공기처럼 무겁고
움켜잡으면 모래처럼 빠져나가버리는 이야기 조용한 비명
같은 이야기 천년 동안 짠 레이스처럼 거미줄처럼 툭 끊어
져 바람에 날아가버릴 것 같은 이야기 지난밤에 본 영화
같고 어제 꿈에서 본 장면 같고 어제 낮에 걸었던 바람 부
는 길 같은 흔해빠진 낯선 이야기 당신 피부처럼 맑고 당
신 눈동자처럼 검고 당신 입술처럼 붉고 당신처럼 한번도
본 적 없는 이야기 포르말린처럼 매혹적이고 젖처럼 비릿
하고 연탄가스처럼 죽여주는 이야기 마지막 키스처럼 짜
릿하고 올이 풀린 스웨터처럼 줄줄 새는 이야기 집 나간
개처럼 비를 맞고 쫓겨난 개처럼 빗자루로 맞고 그래도 결
국에는 집으로 돌아오는 개 같은 이야기 당신이 마지막으
로 했던 이야기 매일 당신이 하는 이야기 내가 죽을 때까
지 죽은 당신이 매일 하는 그 이야기 끝이 없는 이야기 흔
들리는 구름처럼 불안하고 물고기의 피처럼 뜨겁고 애인
의 수염처럼 아름답고 귀를 막아도 들리는 이야기 실험은
없고 실험정신도 없고 실험이란 실험은 모두 거부하는 실
험적인 이야기 어느날 문득 무언가 떠올린 당신이 노트에

적어내려가는 이야기 어젯밤에 내가 들려준 이야기인 줄
도 모르고 내일 밤 내가 당신 귀에 속삭일 이야기인 줄도
모르고

서커스 천막 안에서

내 남편은 마술사예요

내 머리털에 기름을 끼얹고 성냥을 그어요

나는 커다랗게 환하게 웃어요 내 머리는 불타요

내 남편은 마술사예요

불 속에서 싱싱한 장미꽃을 피워올리지요

사람들은 놀란 눈으로 소리질러요 환호해요

붉은 장미 한 송이씩 따서 어여쁜 소녀들에게 나눠주
지요

내 남편은 마술사예요

줄기와 가시만 남은 내 머리 속에 신비한 향신료를 넣고
휘휘 저어요

나는 커다랗게 환하게 웃어요 내 머리는 부글부글 끓어
넘쳐요

내 남편은 마술사예요

내 머리 속에 끓고 있는 수프를 국자로 떠먹어요

사람들은 냄새를 맡고 취해요 서로의 머리통을 쪼개요
개들이 달려와요

내 남편은 마술사예요

검은 재로 남은 나를 주워모아 손으로 비벼요 훅 불어요

나는 커다랗게 환하게 웃어요 어두운 천막 밖으로 날아가요

내 남편은 마술사예요

긴 모자 속에 숨겨둔 내 머리털 하나로 다시 나를 만들어요

나는 새로 태어나 당신이 가르쳐준 대로만 자라나요

안녕, 안녕, 안녕, 우리는 방긋 웃으며 주문을 외워요

천막 안으로 달이 거대한 몸을 밀고 들어와요

사람들은 출구를 찾지 못해 달에게 깔려 납작해져요

마술은 슬프고 우습고 달콤하고 거대하게 끝나가요

나는 태어났다 죽었다를 반복하며 천막 안에서만 살아 있어요

내 남편은 마술사예요

아름다운 불

파란 산불이 났다 사람들이 산 아래 모여들어 불을 구경했다 오래된 나무들이 탁탁 소리를 내며 쓰러졌다 보랏빛 연기가 길게 저 너머 도시로 옮겨가고 있었다 길게 꼬리를 늘어뜨린 연기는 신비롭고 아름다웠다 모두가 바라보기만 했다 파란 불 속에서 산짐승들이 뛰쳐나왔다 모두 하얗게 변해 있었다 누군가 말했다 저건 불이 아니야 이건 꿈이야 사람들이 서로의 불안한 눈동자를 들여다보며 입을 다물었다 불은 파도처럼 일렁이며 흐르는 물소리를 내며 다가왔다 보랏빛 연기가 자욱하게 사람들을 감싸안았다 사람들은 눈을 비비며 머리털을 쥐어뜯으며 잠에서 깨어나려고 발버둥쳤다 누군가는 악을 쓰며 기도했고 누군가는 난 이 꿈에서 깨어나고 싶지 않아,라며 태연히 불 속으로 걸어들어갔다 다급해진 사람들이 보랏빛 연기를 헤치고 어디론가 달아났다 하지만 달려도 달려도 파란 불의 흐느낌은 멀어지지 않았다 온통 보랏빛 연기만 자욱할 뿐이었다 불은 사방에서 타오르고 있었다 파란 불은 슬픈 얼굴로 그들을 지나갔다 불이 지나간 자리에는 아무것도 남아 있지 않았다 그들을 모두 태우고 나서도 파란 불은 멈추지 않았다

오, 사랑

우리는 달려간다 중세의 검은 성벽으로 악어가 살고 있
는 뜨거운 강물 속으로
연필로 그린 작은 얼룩말을 타고 죄수들의 호송열차를
얻어타고
우리는 달려간다 눈가를 검게 화장한 여배우처럼
글러브를 끼고 아스피린을 먹으면서
짧지도 길지도 않은 즉흥곡 사이를 우리는 달려간다
죽은 군대의 첫 전쟁터로 우리의 발자국이 잠든 사원으로
우리는 우리를 읽지 못해 장님이 되는 밤
어둠속에서 총으로 서로의 심장을 정확히 쏘는 마술
톱으로 잘라낸 피투성이 몸을 다시 이어붙이는 마술
오래전에 연주했던 악장들이
한꺼번에 달려들어 끝없이 반복되는 도돌이표를 우리
몸에 새겨넣고
우리는 달리면서 눈을 감는데
우리는 달려가는데
새들은 울면서 노래하고

고딕시대와 낭만주의자들

뾰족한 첨탑 위에 갇힌 누군가 구름에 편지를 써요
그럴 때 구름은 검은 빗방울을 뚝뚝 떨어뜨리지요
구름의 얼룩진 편지를 읽는 어떤 이들은
울음을 멈추고 검은 강물 속으로 몸을 던집니다
도시엔 무서운 전염병이 돌고
녹색의 박쥐떼가 공중을 날아다닙니다
창백한 입술을 잃은 자들은
곧 두 손과 머리털을 잃고 두 눈알과 심장을 잃었지요
점점 희미해져 우리는 우리를 잃었지요
당신과 나의 비밀 이야기는 입속에서 입속으로
공기와 밤의 중얼거림을 통과하고
얼룩진 편지는 얼룩고양이가 물고 밤의 담장 너머로 사
라집니다
우리는 내일의 날씨를 예측할 수 있지만
내일의 악몽을 점칠 수는 없었어요
빗방울은 때로 격렬하게 내립니다
한 방울 뒤에는 수천만 우주의 모든 물방울들이
뾰족하고 오래된 첨탑 위의 편지는

전해오는 이야기 속에서 날마다 더 아름다워져갑니다
우리는 첨탑 위로 답장을 보내는 법을 모르고
얼음이 어는 순간과 얼음이 녹는 순간 슬픔의 음역을
영원히 알 수 없겠지만

누가 너희를 이곳에 넣었니

여름이 포도알처럼 많은 혹을 달고 빈 골목을 달려갔다

일요일엔 길 잃은 개들이 잠긴 문을 열고 들어왔다
나는 졸린 눈을 비비며 개들에게 먹을 것을 주고 다시
잠이 들었다

금요일엔 하늘 가득 모자들이 둥둥 떠다니다가
내 머리 위에 차곡차곡 쌓였다
길가의 나무들을 만날 때마다 모자를 하나씩 벗으며 인
사했다
안녕, 날씨가 좋군요 이런 날엔 모자가 제격이죠

수요일엔 누군가 나에게 계속해서 물뿌리개로 물을 주
었는데
침대보에서 피어난 장미넝쿨의 가시만 더 크고 억세게
자라났다
나는 잠에서 깨어나지도 잠으로 들어가지도 못하고 빗
소리만 들었다

토요일엔 빨랫줄에 젖은 모자들을 널었다
햇빛에 잘 마른 모자들은 가볍게 하늘을 날아가고
나는 여전히 젖은 채로 빨랫줄에 걸려 있었다

일요일 어항 속에 열대어는 없고 온통 헤엄치는 개들뿐
이었다
누가 너희를 이곳에 넣었니

백년 동안의 휴식

숲을 수색하던 무리들이 사라졌다 두번째 수색대가 파견되었다 세번째 수색대가 파견되었다 네번째 수색대가 파견되었다 다섯번째 수색대가 파견되었다 사라진 수색대의 인원이 파악되지 않았다 숲에서 찾던 것이 무엇이었는지 잊혀졌다 이따금 숲에서 새들이 날아올랐다 아무도 숲속으로 들어가려 하지 않았다 아무도 숲속에서 나오려 하지 않았다 그리고 겨울이 왔다 눈 쌓인 숲에서 발자국들이 걸어나왔다 발자국을 따라갔던 무리들이 발자국이 되어 걸어나왔다 계속해서 발자국들은 쏟아져나왔다 발자국 위에 발자국을 찍으며 어디론가 행진했다 아무도 서로를 알아볼 수 없었다 아무도 서로를 찾지 않았다 숲이 멀어지고 있었다

지붕 위에서 찾아가는 세계지도

불구두와 바람샌들*을 한 짝씩 신고 여자는 유령처럼 벽을 통과했다 담장을 넘고 지붕 위로 올라가 전봇대 옆을 성큼성큼 걸었다 날렵한 뱀들이 여자보다 앞서 달려갔다 모든 것이 캄캄하고 선명했다 여자는 *지붕 위에서 찾아가는 세계지도*를 펼쳤다 *지붕 위에서 찾아가는 세계지도*의 저자는 이 도시를 통과하는 데 약 40분가량 걸렸다고 했다 여자의 집은 지도에 나와 있지 않았다 지붕 위의 길은 스스로가 만들어야 했다 고양이와 새들과 물고기가 만든 길에는 매끈한 달빛이 고여 있었다 여자는 서둘러 그 길 위에 발을 내디뎠다 누군가 여자의 머리채를 확 잡아당겼다 뒤돌아보니 검은 머리칼들이 치렁치렁 온 지붕을 뒤덮고 있었다 지나온 계절들에 튼튼히 뿌리를 내리고 있었다 여자는 지붕 위에서 이빨로 자신의 머리칼을 물어뜯었다 머리칼들은 시리도록 차갑고 질겼다 이빨들은 한꺼번에 소리를 내며 지붕 아래로 우수수 떨어졌다 별이 빛나는 밤이었다 지도에는 나와 있지 않은 동네였다

* 우르줄라 뵐펠의 동화.

잠의 형제

날씨

비 내리다 그치다 맑았다 흐렸다 개이다 안개 끼다 태양과 달이 같은 집에서 통곡하다 구름이 두꺼운 외투를 입고 그들을 비켜 먼 곳으로 달아나다 어둠이 구슬픈 노래의 긴 전주를 만들어내다 바람이 검은 머리칼을 휘날리며 계곡으로 마차를 몰아 달리다 눈먼 밤은 더듬거리며 숨어 있는 태양을 찾아내는 오래된 숨바꼭질을 시작하다

죽음

신의 집에서 벌어지는 서커스*

잠든 아이들의 은밀한 이야기

태어나자마자 길 위에 버려지는 아름다운 발, 발자국들

안개 낀 개들의 정원

음악

계절들이 잇달아 죽어갔다 철 따라 악기들은 제를 올렸다 타오르는 불 속에 연주자들의 손가락을 잘라 던졌다 불 속에서 손가락들은 섬세하게 반짝이며 죽은 계절들을 불

러모았다 죽은 계절들이 악기들의 몸으로 들어갔다 악기들은 제 몸을 부수며 죽음을 노래했다 최초의 메트로놈이었던 빗방울들이 새로운 계절의 출현을 알렸다 다시 비가 내렸다

* 다닐로 키슈 『보리스 다비도비치의 무덤』 중에서.

태양왕

늙은 왕이 있었네 밤마다 그는 맨발로 태양 위를 걸어다 녔네 울면서 활활 불타는 태양 위를 폴짝폴짝 뛰어다녔네 얼마나 오래 맨발로 뜨거운 태양을 밟아야 하나 그는 아침에 눈을 뜨면 두 발을 찬물에 담그고 머리 숙여 울었네 아무도 그의 눈물을 보지 못했네 그는 무표정하고 근엄한 왕 빛을 저주하고 어둠을 저주하고 성 밖으로는 한 발자국도 나오지 않는 왕 늘 푸른 옷만 입는 왕 모두가 그를 두려워 했네 모두가 그를 두려워했어 왕은 모든 병사들을 모아 태양을 향해 화살을 쏘게 했네 그들은 날마다 태양과 싸워야 했네 병사들은 점점 더 눈이 멀어갔네 허공을 향해 활시위를 당겼네 겨울이 와도 태양은 사라지지 않았네 늙은 왕의 발은 검게 쪼그라들었네 어느날 왕은 한겨울의 얼음판 위에 맨발로 서서 정면으로 태양을 바라보았지 그의 몸은 차갑게 얼어붙어 봄이 와도 녹지 않았네 늙은 왕은 이제 맨발로 태양을 밟지 않아도 되었네 태양이 그를 안고 자장가를 불러주었네 태양의 노랫소리에 눈먼 병사들은 하나둘 잠이 드네 잠이 드네 잠들지 않는 건 태양을 바라보지 않는 자들뿐 군대는 새롭게 모집되었네 늙은 왕이 사라지고 나서도 병사들은 날마다 태양을 향해 화살을 쏘아올렸네 아무도 태양을 똑바로 쳐다보지 않았네 태양이 바로 그들 앞에 서 있었는데 태양의 긴 손가락이 그들 눈알을 만지작 거리고 있었는데 아무도 태양을 보지 못했네

스물

나는 벌거벗고도 단추 채우는 방법을 알아요
숫자는 몰라도 시계는 스무 개가 넘어요
일요일엔 챙 넓은 모자를 쓰고 자전거를 탔어요
이런, 풀밭에서 느릿느릿 사전이나 씹어먹을 작자 같으니
나는 자전거를 걷어찼고 자전거는 달렸어요
달리기는 자전거와 나의 슬픈 식사
우리는 삐뚤삐뚤 주위를 맴돌다
아무도 없는 그곳을 빠져나왔어요
나는 많은 사람들 속에서 투명인간이 되는 법을 알아요
비가 올 때마다 젖지만 우산은 스무 개가 넘어요
오늘밤 달은 제 몸을 반이나 먹어치웠어요
달을 너무 오래 보면 미쳐버린다고 말해준 엄마
검은 옷장 속에서 지나온 계절들을 다림질하고 있겠죠
내가 내 몸을 반쯤 먹어치울 동안
문 열면 봄인 어느 저녁이 올 때까지
나는 나를 찌르고도 피 흘리지 않는 법을 알아요
어제도 시간은 하수구로 흘렀는데
햇살 아래 떠다니는 파도는 스무 개가 넘어요

방

옆으로 누우면 벽
똑바로 누우면 천장
엎드리면 바닥이었다
눈을 감으면 더 좋았다
가끔 햇빛이 집요하게 창문에 걸쳐 있다 돌아가곤 했다

이상한 여름

이상한 여름이다 우리는 시체놀이를 하다가 땀을 흘린
다 가만히 있어도 땀이 나 우리는 속으로만 말하고 움직이
지 않는다 눈을 감으면 눈앞의 검은 구멍은 점점 더 커진
다 우리는 너무나 더워서 동굴 같은 저 구멍 속으로 들어
간다 우리는 움직이지 않고도 갈 수 있는 법을 안다 포플
러 커다란 잎들이 눈 감은 내 얼굴 위로 한 장 두 장 쌓인다
나는 움직이지 않는다 이상하다 창백한 매미들의 비명은
어디로 갔을까 이상하다 너와 나는 우리는 시체놀이를 하
고 있는 것뿐인데 잎들이 쌓일수록 몸은 가라앉고 지상의
소리들은 멀어져간다 바람이 불자 우리는 공중으로 솟구
친다 벌거벗은 채로 팔랑거리며 날아간다 이상하다 우리
는 왜 이렇게 얇아져 한 장이 된 걸까 우리는 무얼까 날아
가다 우리는 낱낱이 흩어져 가루가 된다 시체놀이는 그만
하고 싶고 그러나 우리는 돌아오는 법을 모른다 아무리 눈
을 떠도 시체들뿐이다 땀이 난다 우리의 비명만 공중을 가
득 메운다

겨울밤

물레가 돌아간다 투명한 실들이 흘러나온다 구불구불 빛이 흘러나온다 끝을 모르는 실들이 둥글게 감기고 또 감긴다 물레는 돌아가고 소녀는 비명을 지른다 날카로운 바늘이 통과한 손끝에선 새빨간 핏방울이 뚝뚝 떨어진다 내 몸은 너무 오래 이 자리에 앉아 있었는데 밤을 돌리고 달을 돌리고 죽음을 돌리고 나를 돌려도 창밖은 아직 검고 바람은 성난 개처럼 유리창을 부수네 투명하고 무거운 실들은 내 발목을 칭칭 감고 놓아주지 않네 물레는 돌아가고 소녀는 비명을 지르고 늙은 여인은 노래 부른다 그녀 몸속에는 녹슨 바늘이 수천 개 찔리고 너덜너덜해진 그녀 몸속을 바느질하네 저 무서운 실들은 모두 그녀의 백발이라네 물레는 돌아가고 소녀는 비명을 지르고 늙은 여인은 노래 부르고 창밖에는 눈이 내린다 하얀 머리 위에 또 하얀 머리칼 하얀 눈 위에 또 하얀 눈송이들 어떤 노래는 백년째 불리워지네 어떤 날개는 백년째 만들어도 완성되지 못하네 저 보이지 않는 무서운 실들 좀 봐 밤은 탄식하고 어떤 겨울은 백년째 계속되네

성탄전야

자정 너머
TV 속의 성탄절 합창제를 보고 있었다
흑인 남자의 구렁이 같은 입안에서
거룩한 밤이 흘러나왔다
거룩한 밤
아이가 피아노를 치고 있다
멜로디는 아이의 입속에서 굴러나온다
종이피아노는 한번도 소리낸 적이 없다
아이는 피아노 건반을 입속에 구겨넣는다
거룩한 밤
나는 TV 속으로 들어가 남자의 입을 틀어막았다
내 입속에서 부러진 건반들이 쏟아져나왔다
거룩한 퍼포먼스에 사람들이 기립박수를 쳤다
옆집 아이들과 산타할아버지가 쏟아져나왔다
사람들이 허둥지둥 달아났다
거룩한 밤
거룩한 TV 속에 나 혼자 있었다
미처 빠져나오지 못한 건반들이 불협화음을 내며

거룩한 밤을 연주했다
사람들이 눈을 뭉쳐 TV 속으로 던졌다
나는 입속에 손가락을 넣어
검고 하얀 뼈들을 하나씩 뽑아냈다
내 비명이 리듬을 타고 울려퍼졌다
TV 밖에서 지켜보던 사람들이
거룩한 밤을 합창하기 시작했다

누가 그레텔 부인을 죽였나[*]

누가 그레텔 부인을 죽였나
자줏빛 스카프가
내가 아름다운 두 팔로
그녀를 목 졸랐네,라고 말했네

누가 그녀가 죽는 것을 보았지?
마룻바닥이
내 커다란 눈으로
떨어지는 핏방울들을 보았네,라고 말했네

누가 그녀의 피를 가져갔지?
양탄자가
내 고운 실들이
그녀의 피를 먹었지,라고 말했네

누가 그녀를 운반하지?
쓰레기통이
그녀를 토막내준다면

내가 운반하지,라고 말했네

누가 그녀를 토막내지?
가위가
그녀가 종이처럼 얇게 마른다면
내가 자르지,라고 말했네

누가 그녀를 말리지?
먼지가
그녀가 기억마저 잃었다면
내가 그녀를 감싸안고 까맣게 말리지,라고 말했네

누가 그녀의 기억을 가져가지?
그림자가
그녀가 쓴 노트들을 태운다면
내가 모든 기억을 데리고 달의 뒤편으로 가지,라고 말
했네

누가 그녀의 노트들을 태우지?
태양이
그녀의 눈알들을 준다면
내가 노트들을 불살라버리지,라고 말했네

누가 그녀의 감은 눈꺼풀을 열고 눈알을 뽑지?
음악이
그녀의 목소리를 준다면
내가 그녀를 눈뜨게 하지,라고 말했네

누가 그녀를 깨워 노래 부르게 하지?
고통이
그녀가 지금도 나를 기억한다면
내가 그녀를 일으켜세워 노래 부르게 하지,라고 말했네

그레텔 부인은 하루 온종일 노래 부르네

누가 그레텔 부인을 죽였나

누가 그레텔 부인을 죽였나
누가 내 사랑스런 그녀를 죽였나

* 머더구스의 노래 「누가 울새를 죽였나」에서 따옴.

제2부

테레민

밤마다 그림자극을 보여주던 나뭇잎들이 그림자를 버
리고
무대 밖으로 뛰쳐나갔다
그림자를 주워모으려고 죽은 아이들이 몰려들었다
나는 무대 위로 올라가 쉼표로만 만들어진 음악을 연주
했다
음악을 듣는 자들은 겨울잠을 잤다
음악을 듣지 못하는 자들은 밤새 걸어다녔다
어두운 골목마다 잘린 귀들이 흩어져 반짝거렸다
손바닥에 그려진 지도만 보고 걸어온 엄마는
자주 길 위에서 울었다
바닥이 드러날 때까지 달을 스푼으로 떠먹었다
새들은 열 켤레의 구두를 메고 날아간다
가면을 쓴 아이들이 서로에게 돌을 던지며 달아난다
태양이 내 음악을 듣고 잠든 날
나는 희미해진 그림자와 귀를 주우러 다녔다
이따금 침대 밑의 병든 악어를 꺼내 핥아먹었다
악어는 눈뜨지 않았지만 죽은 건 아니었다

봄

소풍, 나뭇잎 한 장으로 수만 개의 태양을 가리는 시간
어쩌면 수만 개의 너

고통, 투명한 거미줄을 몸속 가득 치는 노래
이빨이 부러지는 줄도 모르고 씹어먹는 검은 물

악기, 자신의 이름도 모르고 죽은 선조들의 뼈
제 이름을 부르며 죽어가는 군대

적막의 시간, 검은 재, 빛나는 재, 따스한 재들
어느날 소년들의 머리 위에 새하얀 집을 짓는

환상의 빛

등뒤에서 악령들이 내 긴 머리를 땋았다
희고 가녀린 손으로
입속에서 허연 김을 내뿜으며
나는 손가락을 뻗어
뿌연 유리창 위에 밤의 다른 이름들을 써내려갔다
겨울의 다른 이름들을 써내려갔다
나의 다른 이름들을 써내려갔다
창밖으로 몽유병의 신부와 들러리들이 맨발로 흰 드레스를 끌며 나타났다 사라졌다
어두운 거리는 밤새 골목을 만들었다가 숨겼다
어째서 머리칼은 계속해서 자라고 창밖의 폭풍은 멈추지 않는 걸까
등뒤에서 악령들이 내 긴 머리를 땋는다
희고 빛나는 물을 뚝뚝 흘리며
낮은 중얼거림으로
어째서 이 밤에는 저 오래된 거리에는
내 몸속에는 불빛 하나 켜지지 않는 걸까
예감으로 휩싸인 계절은 연속상영되고

새들은 지붕 위에서 오래 잠들어 있다
감기약을 먹고 나는 다시 잠들겠지만
먼지는 밤사이 도시를 또 뒤덮을 것이고
내가 잠들면 시작되는
이 겨울밤의 자막은
내가 쓴 이름들과 기호들과
본 적 없는 빛의 알 수 없는 조합
나는 끝내 읽지 못한다

살인은 연애처럼 연애는 살인처럼*

　바람이 많이 부는 날이야 누군가 길에 내놓은 의자는 목이 긴 여자처럼 혼자 서 있다 골목을 돌면 또다른 골목이 나타나고 나는 내 얼굴이 기억나지 않아 상점의 유리를 쳐다본다 투명하고 희미하게 우리는 닮아 있어 너는 잠든 내 얼굴을 쳐다보기도 하는 것일까 바람이 많이 부는 날이야 창백한 인형들이 줄지어 약국으로 들어간다 검은 새들이 유리문을 쪼아댄다 어둠이 이 거리를 우주 저 먼 시간으로 옮겨놓을 때까지

　너를 읽다가 너를 베고 누웠다 눈을 뜨고 감는 사이 어쩌면 이것은 우아한 카니발리즘의 세계 내가 너를 씹어먹고 네가 나를 흡수하고 서서히 가늘고 희미해져가고 말라가고 뼈만 남는다 우리는 가장 가벼운 책이 되고 싶었지 바람이 불면 한 장씩 날아가 침묵에 이르는, 바람이 많이 부는 날이다 낮잠에서 문득 깨어나 팔을 깨물어본다 좀비가 된다는 건 어떤 기분일까

　꿈의 어떤 장면에서는 비가 내리고 나는 우산도 없이 달

린다 어떤 사람에게 나는 죽을 때까지 한 가지의 인상으로
존재할 것이다 나는 달린다 뼈들이 부딪혀 경쾌한 소리를
낸다 한밤중에 내리는 빗소리처럼

* 트뤼포가 히치콕의 영화에 대해 한 말.

새벽 두시의 변기

새벽 두시의 거리 변기 위에 앉아 있는 하얀 잠옷 여자 틀어진 레이스들이 검은 때를 풍기며 여자를 갉아먹고 있네 누가 내게서 이 하얀 잠옷 좀 벗겨줘, 하얀 잠옷은 늘 악몽에 시달리게 해 비명은 빠르게 달려가 길모퉁이로 사라졌네 자장가는 그치고 악기들은 아름답게 썩어가는 시간 쉽게 달아났던 비누와 양초가 만나 달로 가는 시간 한차례 바람이 몰아치자 여자의 잠옷 사이로 내장이 쏟아져나오네 변기는 하루종일 쏟아지는 그녀들을 쓸어갔네 물소리는 거리보다 더 쓸쓸하네 절름발이 개가 부지런히 변기를 통과해가네 투명한 새들이 변기 위로 모여드네 여자의 심장이 끊어질 듯 덜렁덜렁 웃고 있네 웃음소리마저 변기 속으로 사라지네 불 켜진 창마다 산 자와 죽은 자가 악수하는 시간 배고픈 언니가 환한 냉장고 속으로 기어들어가는 시간 거리에 변기만 남아 있네

얼음나라 여자들

　엄마는 죽은 할머니의 스웨터를 풀어 우리의 스웨터를 짰다 할머니는 이렇게 냄새나는 스웨터를 입고 다녔어 우리가 이 스웨터를 입지 않으려고 삼년 동안 가출한 걸 할머니는 알까 비닐옷만 입고 다닌 걸 할머니는 알까 우리는 삼년 동안 빈 칼집만 차고 다니거나 이 빠진 칼로 새를 토막내는 사람들을 보았다 공원에서 쥐들에게 빵을 나눠주고 쥐들이 남긴 것을 먹는 사람을 보았다 바람에 날아가는 헐렁한 모자를 쫓느라 우리는 맨발로 눈 쌓인 산을 일곱 개나 넘었다 우리는 추웠어 우리는 따뜻한 털가죽을 갖고 싶었다 엄마는 스웨터만 잔뜩 짜놓고 죽었다 우리는 비닐 위에 냄새나는 스웨터를 입었다 죽은 할머니의 스웨터를 입었지만 일년 내내 동상에 걸렸다 검은 발에서 시퍼런 피가 뚝뚝 흘러내렸다 우리는 죽은 엄마의 스웨터를 풀어 우리의 발을 짠다 엄마는 이렇게 냄새나는 스웨터를 입고 다녔어 엄마도 우리처럼 발이 시렸을까 엄마도 우리처럼 피를 흘리면서도 뜨개질을 멈추지 않았을까

아름다운 계단

다리를 벌리고 앉은 여자 아래
졸고 있는 죽은 고양이 옆에
남자의 펄럭이는 신문 속에
펼쳐진 해변 위에
파란 태양 너머
일요일의 장례식에
진혼곡을 부르는 수녀의 구두 사이로
달려가는 쥐를 탄
우울한 구름의 손목에서 흐르는
핏방울이 떨어져내린
시인의 안경이 바라보는
불타오르는 문장들이 잠든
한줌 재가 뿌려진
창밖의 검은 밤 속
흘러가는 기차를 탄
사내의 담배연기를 따라
붉은 달이 떠 있는
검은 딸기밭 아래

곱게 화장한 미친 여자 뱃속에

숨겨진 계단 사이로

길을 잃은 아이가

계단을 펼쳤다 접으며 아코디언을 켜고

계단은 사람들의 귓속으로 밀려들어왔다 밀려나가고

사람들은 눈을 감은 채로 계단을 하나씩 오르고

계단은 점점 더 느려져

잠이 든 채 연주되고

한낮의 몽유

정수리의 태양이 일순간 검게 변해 흘러내리는데
잠든 아이들의 눈꺼풀을 나뭇잎처럼 똑똑 따는데
나쁜 구름은 뭉게뭉게 피어오르는데
잠옷 차림의 나는 운동화 끈을 씹으며 다리 위를 걸어간다
이곳은 마녀의 젖꼭지처럼 추워
잠옷 속으로 얼음 손가락들이 들어왔다 이내 녹아지고
다리 위로 계절들은 달려가고 애인들은 흩어지고
나는 열두살 때 입었던 잠옷을 입은 채로 다리 위를 걸
어간다
가로등 아래 반짝이는 동전들
늙은 개가 투명한 눈으로 나를 바라본다
그 작은 눈 안에서 나는 개와 입맞춘다
청소부의 커다란 빗자루가 내 맨발을 부지런히 쓸어내
린다
강물 위로 물고기의 붉은 눈알이 떠오른다
아무에게도 들리지 않는 자장가를 부르며 나는 다리 위
를 걸어간다
바닥에 흘러내린 검은 태양이 자꾸만 내 뒤를 따라온다

다리의 이쪽 끝에서 저쪽 끝으로
다시 이쪽 끝에서 저쪽 끝으로

달의 아이들

한쪽 눈이 먼 소녀는 여름 내내 명태 눈알만 파먹었다
성난 태양이 회초리를 들고 쫓아와서
소녀는 한쪽 눈을 찡그리고
색 없는 것들을 발로 차며 도망다녔다
잠들면 눈 안에서 청유리가 자라났다

소년은 닭장 속에서 잠들었다
눈 내리는 밤 깃털들은 따뜻하게 휘파람을 분다
닭들이 소년의 감은 눈을 쪼았다
커다란 알들이 닭장 가득 태어났고
어느날 소년은 오토바이를 타고 늙은 알들을 팔러 나갔다

가방 이야기

이것은 가방에 관한 이야기 철없던 오빠가 돈과 옷과 장난감을 가득 채워 집을 나갔던 커다란 가방에 관한 이야기다 다시 돌아온 오빠를 아버지와 어머니는 흠씬 두들겨팼지만 가방은 수척해진 모습으로 한쪽 구석에 서 있었다 지퍼를 열자 가방 속은 텅 비어 있었다 가방은 마루에서 다락으로 다락에서 창고로 옮겨졌고 어느새 오빠는 쾌활함을 되찾았다 다시 창고에서 가방을 꺼내온 건 아버지였다 냄새나는 지폐 뭉치들을 신문지로 싸서 가방에 담은 아버지는 어두운 새벽 집을 나섰다 아버지는 일주일 후 강물 위로 떠올랐지만 가방은 돌아오지 않았다 우리들은 아버지의 따뜻함을 떠올리려 애썼고 가방 따윈 잊어버렸다 어머니는 시장에서 생선을 팔았다 비린내가 나는 어머니의 양쪽 가슴을 나누어 만지며 밤마다 오빠와 나는 어른이 되는 꿈을 꾸었다 어느날 가방은 다시 우리집으로 돌아왔다 엄마가 들고 온 가방을 보고 우리는 소리쳤다 오빠가 들고 나갔던 가방이야 아빠가 들고 나갔던 가방이야 그 가방이야 엄마는 아니라고 했지만 우리는 쉽게 잠들지 못했다 엄마는 분명 저 가방을 들고 우릴 떠날 거야 우리는 한밤중에 살금살금 일어나 가방 속으로 들어갔다 가방 속은 넓고 어두웠지만 온 집 안을 삼켰던 비린내는 나지 않았다 아이들이 사라졌어요 아침이 오자 엄마는 울면서 집 밖으로 뛰쳐나갔다 아무도 가방을 열지 않았다 우리를 가방 속에서 꺼내주지 않았다 아이들이 사라졌어요 아이들이 사라졌어요 엄마는 우리를 찾느라 돌아오지 않았다 가방 속에서 우리는 자라났다 이야기를 먹고 자라났다 가방이 들려주는, 가방 속에 가득 차 있던 수많은 이야기들은 끝나지 않았다 잊혀진 이야기들이었다 그 이야기 속에는 우리도 있었다 누군가 지퍼를 열어준다면 이 밤이 끝날 텐데 하지만 아무도 우리를 기억해주지 않았다 우리가 얼마나 늙었는지 짐작조차 할 수 없었다 서로의 얼굴을 볼 수는 없었지만 맞잡은 두 손은 언제부턴가 파르르 떨리고 있었다 우리가 이미 오래전에 죽었다고 느꼈을 때 누군가 지퍼를 열었다 엄마였다 우리는 울면서 엄마에게 매달렸다 엄마는 노망난 늙은이들이라며 경찰서에 신고전화를 했다 우리와 함께 집에서 쫓겨난 것은 가방이었다 우리는 눈 내리는 밤 골목에서 가방과 함께 서 있었다 눈에 보이지만 유령이 된 것

같았다 차가운 눈이 조금씩 우리 위로 쌓였다 우리는 다시
가방 속으로 들어갔다 잡은 손을 놓지 않았다 여기가 가방
속이라니 이렇게 따뜻한데 말이야

사춘기

어머니의 접시들을 꺼내자
접시 속에서
장미꽃이 뛰쳐나오고
고양이가 뛰쳐나오고
죽은 어머니가 뛰쳐나왔어요

장미꽃과 고양이와 어머니는
온 집 안을 뛰어다니며
나를 찌르고, 물고, 목 졸랐어요
날마다 나는 포크를 들고 그들을 쫓느라
그해 겨울 태양이 실종되었다는 기사조차 읽지 못했죠

그러는 사이 나는 거인처럼 자랐고
어느날 집은 모래처럼 주저앉았어요
장미꽃과 고양이와 어머니를 붙잡아
접시에 담아 비벼먹고 포크와 접시까지 씹어먹자
일년치 밀린 잠이 한꺼번에 몰려왔어요

악몽일까요, 태양은 일년이 지나도 나타나질 않고
모래바람은 심장 속까지 불어오고
내 키는 자꾸만 자라 하늘까지 닿았어요
태양은 아무리 찾아도 보이지 않고
그렇게 또 봄, 여름, 가을, 겨울이 자꾸만 지나가요

이상한 욕실

당신의 몸은 조금씩 사라져간다
거품도 나지 않는 얇은 비누토막처럼
당신의 몸을 감추어주던 외투는
당신의 몸보다 훨씬 견고하고 아름다워서
거울을 보며 당신은 외투만 생각했다
욕실에서 가끔 당신은
당신의 목소리와 마주쳤지만
욕실에선 도무지 아무것도 알아들을 수가 없었다
거울 속에서 당신의 몸은
구멍 속으로 날마다 조금씩 흘러들어갔다
욕실 밖에서
당신의 아름다운 외투는 덜렁거리며 혼자 걸어다녔다
태양이 늘 머리 위에서 빛났다
지친 새들이 떨어져 길을 덮었다
호주머니 속에서 생긴 구멍이 점점 커져갔다
당신은 당신이 어디 있는지 몰라 잠도 오지 않았다
이제 뿌연 거울 속에도 당신은 보이지 않았다
어느날 누군가 욕실 문을 열었다

다 해진 외투가 거울을 보며 당신을 생각하고 있었다
당신의 비명은 그대로 돌아와
당신 뺨을 철썩철썩 때리고 있었다

그들의 식사

우리는 조용히 식탁에 둘러앉았다 그릇들이 각기 다 달랐다 아고타는 숟가락을 든 채 창밖의 봄을 바라보고 있다 푸르게 변해가는 화단을 바라보고 있다 공습경보가 울렸다 엄마는 불안한 눈으로 커피잔을 양손으로 쥔다 북서풍이 사납게 집 안으로 몰아쳐왔다 테이블 위에 있던 우유가 엎질러졌다 바닥으로 흘러내렸다 낡은 양탄자에 얼룩이 졌다 깜짝 놀란 아고타의 안경이 떨어져 깨졌다 누군가 문을 두드렸다 안느가 문 앞에 떨어져 있는 엽서를 주워온다 안느가 깨진 유리조각들을 밟고 걸어와 다시 식탁에 앉는다 엽서를 읽는다 잘 있느냐 잘 있거라 식탁 아래 붉은 핏방울들이 조금씩 커져갔다 죽은 잎들이 창턱까지 쌓여 있다 흰 눈이 내렸다 우리는 조용히 식사를 한다 의자의 높이가 각기 다 달랐다 아고타가 떨어진 안경을 주워 다시 낀다 서로 눈을 마주치지 않는다 안느가 먹다 남긴 국그릇을 들어 아고타가 마신다 엄마는 불안한 눈으로 계속 커피를 마신다 주위가 어두워졌다 굵은 빗방울과 함께 번개가 쳤다 순식간의 정전 우리는 조용히 식사를 한다 누군가 창문으로 머리를 집어넣고 그들의 식사를 바라본다 기억

해? 이곳에 아름다운 집이 있었는데 아주 오래된 집이 있
었는데

12월

씹던 바람을 벽에 붙여놓고
돌아서자 겨울이다
이른 눈이 내리자
취한 구름이 엉덩이를 내놓고 다녔다
잠들 때마다 아홉 가지 꿈을 꾸었다
꿈속에서 날 버린 애인들을 하나씩 요리했다
그런 날이면 변기 위에서 오래 양치질을 했다
아침마다 가위로 잘라내도
상처 없이 머리카락은 바닥까지 자라나 있었다
휴일에는 검은 안경을 쓴 남자가 검은 우산을 쓰고 지나
갔다
동네 영화관에서 잠들었다
지루한 눈물이 반성도 없이 자꾸만 태어났다
종종 지붕 위에서 길을 잃었다
텅 빈 테라스에서 달과 체스를 두었다
흑백이었다 무성영화였다
다시 눈이 내렸다
턴테이블 위에 걸어둔 무의식이 입안에 독을 품고

벽장에서 뛰쳐나온 앨범이 칼을 들고
그대로 얼어붙었다
숨죽이고 있던 어둠이 미끄러져내렸다
어디선가 본 적 있는 음악이
남극의 해처럼 게으르게 얼음을 녹이려 애썼다
달력을 떼어 죽은 숫자들을 말아 피웠다
뿌연 햇빛이 자욱하게 피어올랐지만
아무것도 녹진 않았다

검은 호주머니 속의 산책

손이 시려서 너의 호주머니에 손을 넣었다
눈이 펄펄 날리고 있어서
나의 한 손을 거기 넣었다
그 캄캄한 곳에 너의 손이 있어서
나의 한 손을 거기 넣었다
그날 우리는 걸어서 어디로 갔나

두근거리는 손 때문에 우리는 걷고 또 걸었다
흰 눈이 내리는데 햇빛이 환한데
낯선 곳에서 길을 잃었는데
심장이 된 손에 이끌려
우리는 쉬지 않고 걸어서 어디로 갔나

우리는 발걸음을 멈춘 적이 없는데
우리는 잡은 두 손을 놓은 적이 없는데
호주머니 속에서
불안은 지느러미를 흔들며 헤엄쳐다니고
그림자로 존재하는 식물들이 무서운 속도로 자라났다

우리 두 손은 검게 썩어들어갔다

어째서 너의 손은 이토록 비릿하고 아름다운가
우리는 말하지 않았다
검은 피가 흘러나와 우리 발목을 적실 때에도
우리는 이토록 생생한 봄을 상상했다

언젠가 우리는 각자 다른 계절을 따라 사라졌지만
호주머니 속에는 아직도 폐허의 공터에
날카로운 손톱으로 서로를 깊숙이 찌른 두 손이
펄펄 날리는 흰 눈을 맞고 서 있다

기차를 타고

　기차를 타고 갔다 그날도 라디오를 들었다 어느 먼 나라의 죽은 가수를 사랑하게 되었다 기차를 타고 갔다 버스를 타고 갔다 학교에서 돌아오는 늦은 밤 이어폰을 끼고 안개 속으로 걸어가는 아이들 여러 대의 오토바이들이 연이어 달려갔다 화장한 언니들이 담벼락에 구토했다 모두 안개 속으로 사라졌다 버스를 타고 갔다 자전거를 타고 갔다 페달을 밟으면 눈송이 같은 별들이 쏟아졌다 눈을 감아도 떨어질 곳은 없었다 자전거를 타고 갔다 음악에 실려갔다 어디로 가니 밤이 내게 물었다 좋은 냄새를 찾아서 신의 요람으로 음악에 실려갔다 맨발로 뛰어갔다 끝없이 이어지는 이 레일을 이탈하고 싶어 기차는 맨발로 이 밤을 지나 혹한의 시베리아를 지나 꽃잎을 밟고 유령들을 싣고 혼자서 질주한다 태양과 달을 지나 은하계를 가로질러 보이지 않는 레일의 끝을 향해 누군가 폭발물을 설치했으면 좋겠어 영원히 끝나지 않는 영화를 보는 관객들은 모두 시체 나쁜 냄새들이야 맨발로 뛰어갔다 파도에 휩쓸려갔다 무섭지 않았다

납으로 만든 외투

개를 타고 지붕 위를 달려라

태양이 뿜어내는 물감처럼 비명을 질러라

거울 속의 여자를 꺼내 붉은 탯줄을 잘라라

버려진 슬리퍼 한 짝처럼 헤프게 웃어라

면도칼로 나의 꿈을 살해하라

머릿속의 녹슨 활자들을 태워버려라

오, 서둘러 천 개의 단추를 풀어라

관 속에 누워 껌을 씹어라

제3부

구두를 신고 잠이 들었다

잠든 사이 붉은 가로등이 켜졌다

붉은 가로등이 켜지는 사이 달에 눈이 내렸다

달에 눈이 내리는 사이 까마귀가 울었다

까마귀가 우는 사이 내 몸의 가지들은 몸속으로만 뻗어

갔다

몸속에 가지들이 자라는 사이 말[言]들은 썩어 버려졌다

말들이 썩어 버려지는 사이 나는 구두 위에 구두를 또

신었다

구두를 신는 사이 겨울이 지나고 여름이 왔다

여름이 오는 사이 도시의 모든 지붕들이 날아갔다

도시의 지붕들이 날아가는 사이 길들도 사라졌다

길들이 사라지는 사이 지붕을 찾으러 떠났던 사람들은

집을 잃었다

그사이 빛나던 여름이 죽었다

여름이 죽는 사이 내 몸속에선 검은 꽃들이 피어났다

검은 꽃이 피는 사이 나는 흰 구름을 읽었다

흰 구름을 읽는 사이 투명한 얼음의 냄새가 번져갔다

얼음 냄새가 번지는 사이 나는 구두 위에 구두를 또 신

었다

    열두 켤레의 구두를 더 신는 사이 계절은 바뀌지 않았다

    구두의 계절이 계속되는 사이

    나는 구두의 수를 세지 않았다

    구두 속에서 나오지도 않았다

죽은 태양이 뜬 날

아무도 타지 않은 자동차들이 쌩쌩 달려갔다
눈먼 사람들이 지팡이를 짚고 횡단보도를 건넜다
새들도 따라 날았다
달려오던 트럭에 그림자 하나가 치었다
습관적으로 신호등이 눈을 감았다
녹색 곰팡이들이 사방에서 쓸쓸히 피어났다
쇼윈도 안에선 폭 넓은 치마가 백년째 불타고 있었다
불 속에서 늙은 배우들이 연극 연습을 했다
아무도 불을 끄지 않았다
누군가 공원 벤치에 앉아 태양이 떨어지길 기다리고 있
었다
때로 태양의 붉은 피가 죽은 자들의 이마를 찔렀다
묘비명들이 희미하게 짖어댔다
잠든 아이들만이 거리를 기웃거리며 아름다운 노래를
불렀다
노랫소리에 사람들이 하나둘 잠들었다
죽은 태양의 유령이 거리를 뒤덮었다
죽은 자들이 눈을 비비며 일어섰다

모든 것을 다 기억하는 눈동자처럼
검은 태양이 떠올랐다

이상한 방문자

누군가 문을 두드렸다 우리집을 방문한 것은 처음 있는 일이었다 우리는 문을 열고 반갑게 그를 맞았다 텔레비전에서 본 대로 과일과 차를 내오고 함께 의자에 앉았다 그는 말이 없는 사람이었다 우리는 날씨에 대해 이야기하고 언젠가 본 영화에 대해 웃으며 이야기했다 그가 우리집에 온 이유를 물었지만 그는 말이 없었다 그에게 말 못할 사정이 있는 것 같았다 우리는 그에게 방문해주어 고맙다고 말했다 우리는 그를 위해 푸짐한 저녁을 차렸다 식탁 앞에서 그는 잠시 망설이는 눈치였으나 여전히 아무 말 없이 숟가락을 들었다 저녁을 먹고 둘러앉은 우리는 밤이 깊도록 수다를 떨었다 그는 여전히 아무 말이 없었다 그에게 말 못할 사정이 있는 것 같았다 자정이 되자 우리는 우리의 방으로 들어갔다 그가 아직도 거기 앉아 있는 것 같아 불안했지만 이내 잠들었다 다음날도 그 다음날도 그는 돌아가지 않았고 그는 곧 우리가 되었다 그에게 무슨 사정이 있는 것만 같았다

번개 치는 밤

  나무들은 바싹 마르고 과일들은 스스로 탯줄을 끊는 밤
목성에서 번개가 친다 달빛 아래서 쥐들이 새끼를 낳는다
시궁창은 쥐새끼들로 넘쳐난다 기하급수적으로 거리의 중
독자들은 푸른 셔츠를 입고 공중에 자신의 그림자를 목매
단다 공중전화를 찾아다니던 소년은 담배꽁초를 주워든다
목성에서 번개가 친다 심야방송의 디제이는 끝나지 않는
음악을 걸어둔 채 잠들고 라디오를 듣던 사람들도 모두 잠
들어버리는 밤 지구에서 목성까지 철새들이 날아간다 밤
의 깊은 강물 속에서 수초들이 무서운 속도로 자라난다 빨
간 구두를 신은 노파가 다리 위에서 절룩거리며 춤춘다 목
성에서 번개가 친다 노파는 다리 아래로 떨어지고 역한 냄
새가 강물을 타고 밤새 번져간다 지구에서 목성까지 목성
에서 번개가 친다 한강에서는 불꽃놀이, fuck! fuck!

연 날리는 계절

할아버지는 숲의 가장자리에 있는 이백년 된 밤나무를 잘라 침대를 만들었다 할아버지가 돌아가시자 아버지는 그 침대로 내 책상을 만들어주었다 밤마다 불을 켜고 책장을 펼치면 어느새 할아버지의 꿈들이 다가와 많은 이야기를 들려주었다 그건 달콤하고 구슬픈 아라비아의 자장가 같은 것이었고 매우 낮게 읊조리는 모르는 여자아이의 목소리 같기도 했다 그리고 때로는 밤나무 숲에서 불어오는 바람 냄새이기도 했다 나는 그들의 이야기를 듣다가 엎드려 잠이 들었고 아침이면 책상은 여전히 책상이었다

다락방에 쌓아둔 비밀들이 들창으로 털실처럼 풀려나갔다 국도 위에서 피 묻은 짐승들의 시체가 오래도록 가라앉고 있었다 계절병이 나서 나는 입술이 부풀어올랐다 밤의 터널은 길고 어둡고 축축했다 아침이면 이유도 없이 쾌활해지고 해와 달의 감정을 무한반복하며 나는 피리소리에 춤추는 뱀처럼 단순해져갔다

아이들은 뒷산에 올라 자기가 만든 연을 날렸다 공중에

는 부유하는 수많은 연들, 엉키고 끊어지고 문득 날갯짓을
하며 날아갔다 우는 아이도 있었다 언덕 아래 집회에 모어
든 사람들은 노래를 불렀다 간간이 날카로운 고양이들의
교성이 들려왔다 미풍이 모든 소리를 싣고 멀리 날아갔다
전선 위에 까마귀들이 앉은 채로 졸고 있었다 밤이 깊어지
자 사람들은 뿔뿔이 흩어져 어둠속으로 사라졌다

서른

책을 쌓아놓고 불살랐는데
재가 되지 않았다
하늘에는 불타는 태양이 세 개
뜨거워서 사람들은 모두 검게 변했네
푸르스름한 저녁이 와도 서로를 알아보지 못했네
도시의 창문들은 한없이 투명하고 맑았지만
나는 여전히 그림자로 깨어났다
바람 부는 밤이면 낱낱이 흩어져
한 장씩 모아야 했지만
사라진 19페이지는 돌아오지 않았지만
겨울이 와도 불타는 태양은 세 개
나는 그림자로 19페이지를 잃은 채로
냄새나는 청춘의 하류를 통과했다
때로는 낯선 페이지가 흘러들어
달콤한 노래를 중얼거리기도 했지만
귓속에서 이어폰을 빼면
아무도 내게 말을 건네지 않고
다시 월요일은 시작되었다

이야기가 또다른 이야기를 지어내느라
마지막 페이지를 덮어도
책들은 쉽게 사라지려 하지 않았다
검은 연기가 피어올랐다
검은 냄새가 피어올랐다
서로 다른 방향으로 천천히 흘러갔다

나무가 되는 법

　눈물을 흘릴 때마다 푸른 빛깔의 보석이 나오는 왕녀가 있었지 모두가 그녀를 사랑했지 모두가 그녀를 사랑했어 그녀는 밤마다 너무나 슬픈 꿈을 꾸었기 때문에 한낮이면 눈물을 흘리지 않을 수 없었네 슬픔은 보석을 만들어내고 상한 달은 빛나는 태양을 만들어냈지 그녀가 밤마다 만나는 그는 나무였네 그녀는 바라보기만 할 뿐 그를 꽃 피우지 못했네 아무리 그를 껴안아도 그녀는 터질 듯한 자신의 심장 소리만 들었네 아침이면 그녀는 침대맡에 앉아 엉엉 소리내어 울었네 그녀의 눈에서 푸른 보석들이 바닥으로 툭툭 떨어져내렸네 모두가 그녀를 사랑했지 모두가 그녀를 사랑했어 어느 겨울밤 나무는 그녀를 향해 가는 손을 뻗었네 그녀의 눈물을 닦아주었네 눈 내리는 밤 나무는 하얀 꽃을 피웠네 무성한 꽃잎들이 벌판 한가운데서 그와 그녀를 맴돌았네 그녀는 자신의 눈알을 꺼내 그의 발밑에 심었네 눈부시게 빛나는 것들이 그녀 눈알 속에 있었는데 단단하고 따뜻했던 것들이 그녀 눈알 속에 있었는데 이제 그녀는 태양을 보지 않아도 되었네 아침이 되어도 그녀는 감은 눈을 뜨지 않았네 움직이지 않았네 모두가 그녀를 사랑

했지 모두가 그녀를 사랑했어 그녀는 더이상 울지 않았네
가끔 그녀의 감은 눈꺼풀 속 검고 깊은 구멍 속에서 하얀
꽃잎들이 흩어져내렸네

양수 속에서

엄마 오늘밤 우리의 악몽은
숨겨진 골목들이 차례로 쏟아지는 꿈입니다
저 어두운 골목들은 쏟아지며 눈부신 물거품을 만들어
냅니다
우리의 바다 깊숙이 가라앉습니다
엄마 이 바다 속에는 무수한 골목들
나는 오늘도 구겨진 골목 속으로 들어가
골목과 골목 사이의 바람과 가로등 누군가 불렀던 허밍
그 속에서 희미하게 일렁이는 당신의 그림자를 발견합
니다
나는 태어나기 위해
당신은 깨어나기 위해
우리는 물속에 잠겨 있지요
살아 있는 듯 잠자는 듯했지만
엄마 오늘밤 우리의 악몽은
태어나지도 깨어나지도 않는 영원한 불길함입니다
엄마 뱃속의 바닷물은 차갑고
나는 추워서 얼어붙을 지경인데

당신은 또 악몽을 꾸느라 겨울 밤거리에 맨발로 서서 울고 있습니다

어디서 왔는지 어디로 가는지

모르는 건 당신도 마찬가지죠

파도에 휩쓸려 왔다갔다 할 뿐

우리는 오직 우리 자신을 껴안습니다

우리는 오직 우리 자신을 애무합니다

미궁 속에서

가난

철 따라 노예들은 귀가 커져간다

주인들은 바닥까지 흘러내린 노예들의 귀를 잘라 밭에 던져놓는다

노예들은 천천히 자신의 귀를 꾹꾹 밟아준다

한겨울에도 밭에선 크고 탐스런 옥수수들이 붉은 머리를 풀고 주렁주렁 달려 있다

아홉 개의 달이 떠 있는 밤

검은 보자기를 풀었다 아홉 개의 달이 풍선처럼 떠올랐다 수많은 음들이 떠올랐다 음과 음 사이의 미세한 침묵이 뒤이어 떠올랐다 검은 새가 푸드득 날아올랐다 내가 일곱 살 때 잃어버린 꼬리 달린 언어들이 떠올랐다 아름다운 이름들이 떠올랐다 심장 없는 인형들이 떠올랐다 눈 내리지 않던 그해 겨울이 떠올랐다 네 귀가 펄럭이던 그 겨울의 방이 떠올랐다 가지를 친 푸른 골목들이 떠올랐다 빛나는 그림자들이 새겨진 기왓장들이 떠올랐다 내가 엎지른 물들이 떠올랐다 물에 빠져죽은 열한번째 어머니가 떠올랐다 내 뺨을 찰싹 때리고는 멀어져갔다 모두 달에게 끌려올라가고 있었다 뒤이어 검은 보자기가 떠올랐다 보자기를 손에 꼭 쥐고 있던 나도 떠올랐다 우리는 투명한 줄에 동여매진 채로 공중으로 한없이 더 깊숙이 떠올랐다

물속의 도시

깊은 밤 붉은 구름들이 몰려왔다
새들이 하늘을 온통 뒤덮으며 무리지어 날아갔다
뜨거운 빗방울들이 도시의 모든 지붕을 소리없이 조금
씩 녹였다
물속에 잠긴 사람들은 따뜻한 꿈을 꾸었다
태어나는 꿈 죽어가는 꿈 모두 따뜻했다
태양과 달이 물속에서 그들을 부드럽게 핥았다
그들의 몸은 녹아가고 사라져가는데
꿈은 녹지 않아 도시는 여전히 튼튼하게 서 있었다
태양은 지지 않고 어둠은 걷히지 않고
물결은 그들의 살갗을 어루만졌다
그들은 눈뜨지 않았고 울지도 웃지도 않았다
자신을 볼 수 없다는 것이 조금 슬펐다
그러나 아침마다 거울 속의 자신을 보는 일이 더 슬펐던
것을 기억했다
붉은 구름들은 사라진 도시 위에 오래 머물렀다
사라진 도시 위에 밤마다 새로운 도시들이 생겨났다
서로의 도시를 침범하지 않은 채

서로의 꿈을 들여다보지도 못한 채
새로운 도시 속에서 지느러미를 단 아이들이 태어났다
붉은 구름은 아이들을 녹이지 못했다
그사이 새들이 다시 날아왔고 식물들이 자랐으며
사람들은 눈을 감고도 도시를 볼 수 있게 되었다
붉은 구름이 사라지고 나서도 오래
도시가 사라진 것을 아무도 눈치채지 못했다
물속은 더없이 맑고 투명했고
아이들은 환하게 웃으며 헤엄쳤다
키 큰 나무들이 아이들의 머리칼을 쓰다듬으며
수만 가지 아름다운 이름들로 불러주었다

태양의 반대편

점 하나가 생겨났다 왼쪽 뺨에 생긴 검은 점은 실수로 찍힌 연필 자국 같았다 유월엔 발자국들이 바람 부는 대로 흩어져 날렸다 내 몸에 부딪히기도 했다 나는 집으로 돌아와 몸에 찍힌 발자국들을 애써 지웠다 점은 눈에 띄지 않게 조금씩 커져갔다 검은 진주를 귀고리처럼 달고 있는 거야 나는 상상했지만 검은 진주는 이내 탁구공만큼 커졌다 칠월엔 모르는 이름들이 빗물에 떠내려왔다 내 발목에 척척 달라붙었다 나는 집으로 돌아와 이름들을 떼어내며 발목을 씻었다 점이 얼굴 전체에 퍼져 있었다 눈의 흰자위마저 검게 변해 있었다 집 안의 모든 커튼을 내렸다 불 꺼진 방 안에서 꿈 없는 잠들을 거칠게 밀쳐냈다 상한 음식들을 버리지도 못한 채 구월이 왔다 밤새 커다란 잎들이 굴러다니는 소리를 들었다 나는 검은 점에게 갇혔다 검은 점 밖으로 나갈 수 없었다 나는 나를 벗겨내기 시작했다 점들은, 살점들은, 몸에서 떨어져나가는 순간 선명하게 붉은 점이 되었다 문밖에서 태양이 가늘고 긴 손을 뻗어 나를 주우러 오고 있었다

안녕

　우리는 핀란드에 가기로 했다 눈과 숲과 북해가 있는 나라 잠든 어느새 아홉 밤이 지나 어제 마셨던 쓰디쓴 차를 타네* 희미한 태양이 부르는 노랫소리 들린다 입속의 노래가 귓속의 노래가 될 때까지 어제의 구름이 오늘의 구름이 될 때까지 나는 구름을 세 개나 던졌고 돌아온 구름은 하나도 없었다 구름은 너무 느리다 구름은 자주 흩어지고 불현듯 만나고 비행한다 우리는 헬싱키 스트리트에서 만나기로 했다 우연히 마주치기로 했다 어제는 참 달콤새콤한 냄새였어 꿈속에서 죽은 쥐들이 내 입술부터 갉아먹을 때처럼 이렇게 흐릿한 날씨가 좋아 너는 검은 외투를 입고 나타나겠지 어제처럼 나는 아직 핀란드에 가지 못했는데 밤은 더 많은 꽃잎과 가시덤불을 불러들이고 발가락은 점점 더 길게 자라나고 차는 여전히 쓴맛 겨울 내내 짧던 봄은 완성되자마자 귀부터 떨어져나갔다 손가락만큼 길게 자란 발가락들이 잠의 긴 사다리를 뜯으며 공중으로 올라간다 내일 우리가 핀란드에서 만나게 된다면 안녕,이라고 말할게 어제처럼

　* 전자양 「달이 우물에 빠진 날」.

혼자 있는 교실

나의 노트 속에는 폴라로이드 같은 안개
안개 속에는 사라졌다 나타났다를 반복하는
밤나무 숲과 국도가 있어요
나는 펼쳐진 노트 속으로 들어가 국도를 따라 걸어갑니다
숲에선 사소한 불빛 하나 나타나지 않고
국도는 물속처럼 어둡고
가끔 죽은 고양이가 느낌표처럼 벌떡벌떡 일어서요
나는 흘러가는 노트 속의 산책자
내 기록들의 방관적 수취인
맨발로 일렁이는 국도 속을 걸어가지요
누군가 책장을 넘겨요
바람이겠죠
혼자 있는 교실엔 늘 바람이 불었어요
밤나무 숲이, 국도가, 내가 흔들려요
국도 저 끝에서 환한 전조등 성난 개들처럼 달려와요
수만의 바퀴들이 일제히 나를 밟아요
몸은 유리알처럼 부서져 느리게 어디론가 굴러가요
문득 가로등이 켜지고

지나온 길마다 붉은 융단이 깔려요

아이들이 깔깔깔 웃으며 박수를 쳐요

선생님이 휘파람을 불어요

바람이 나를 읽어요

바람이 나를 정신없이 넘겨요

아직 씌어지지 않은 페이지까지 읽어요

바람이 나를 지워요

나도 나를 자꾸만 지워요

너덜너덜해진 이 노트의 마지막 페이지는 어디 있는 걸
까요

혼자 있는 교실엔 바람이 불고 가끔 비가 내렸어요

나는 말랐다 젖었다

써졌다 지워지며

아무 데도 닿지 않아요

카프카 정원의 나무들

그레고르 잠자

그레고르 잠자

잠자, 잠자

어떤 가엾은 이의 이름을 부르며

혀 잘린 새들이 나무 위에 앉아 운다

늙은 정원사의 아름다운 가위는 달밤

빛나는 날을 세우고 허공을 가르네

새들의 소리도 낱낱이 잘려 날아가고

가지들은 모두 잠이 든 채로 잘리네

한밤중 정원의 가위질 소리

담장 밖의 사람들은 막 잠이 드는 순간

여행자들은 길 위에서

듣기만 해도 잘려나가지

혀끝에서 맴도는 그것이 무엇인지 모른 채

잘려나가는 것들은 슬픔으로 피를 뚝뚝 흘리고

아침이 와도 새들은 날아오지 않네

늙은 정원사는 보이지 않고

가위질 소리는 멈췄는데

이 아름다운 정원은 누가 가꾸는 거지
밤마다 잘려도 다시 일어나는 불멸의 육체는 누구의 것
사람들은 끝내 알지 못한다
나무들은 완벽하게 다듬어져 서 있다
밤에 무슨 일이 일어나는지
아무도 모른다

Lullaby

백년에 한 번씩 깨어난다는 눈의 거인 얘길 해줄까
지구만큼 오래 산 눈의 거인은
봄이 시작될 무렵 잠에서 깨어나지
거인은 무수한 꿈을 꾸었기 때문에
사방에서 피어나는 붉은 꽃과 나비도
오십억년 전부터 떠 있는 뒷모습 없는 달도
공처럼 굴러오는 아이들의 웃음소리도 믿지 않아
꿈에선 늘 있는 일이니까
거인은 꿈속에서도 절대로 웃거나 울지 않아
눈물을 흘리면 거인의 몸은 홍수로 녹아내리거든
심장이 떨리면 사악한 눈보라가 되어 휘날리거든
그저 무감하게 바라볼 뿐
하지만 햇빛이 발자국을 발등으로 바꿀 때쯤에야
꿈이 아니란 걸 알게 되지
그래서 맘껏 눈물도 흘리게 되는 거란다
애야, 그렇게 슬픈 얼굴 하지 마
거인도 너처럼 하룻밤을 자라고 있을 뿐이란다
잠든 어느새 삼만육천오백 밤이 지나 있고

출구 없는 꿈들이 몰려왔다 몰려가는

질긴 하룻밤

애야, 너무 두려워하지 마

누구나 잠들면서 자라는 거란다

어서 가서 백년 동안 꿈을 꾸는

꿈속에서도 꿈꾸지 않는

얼음으로 만들어진 차가운 심장을 가진 사나이

햇빛을 만나면 눈물을 흘리는

외로운 사나이의 결정(結晶) 속으로 들어가렴

얼었다 녹았다 다시 얼어가는

애야, 애야, 늙은 나의 요정아

월광욕

아침이 오기 전에
이 테라스는 곧 녹아내린다
달이 긴 혀를 내밀어
우리의 벌거벗은 몸을 천천히 핥는다

밤의 숲에서는
잠든 새들도 달빛으로 충만하다
우리의 절망적인 포즈도 충만하다

시들어 재가 되어버릴 때까지
충만함은 우리를 사로잡는다
달에 홀린 삐에로 같아
마치 우리는

오늘밤 이 테라스는 곧 녹아내린다
오늘밤 우리의 어둠은 이토록 충만하고

자정으로 가는 버스

붉은 서커스의 천막을 지나 녹아버린 정거장을 지나 차가운 달의 거리로
　여행자의 커다란 가방들이
　서로의 긴 가지를 잘라주는 밤
　지독한 눈보라 숲을 버스는 달린다
　개들의 수용소를 지나 불타는 교차로를 지나 차가운 달의 거리로
　내 집에 살고 있는 새가
　음악 없이 춤을 추고 있을 밤
　빈 의자들을 싣고 버스는 달린다
　비 내리는 광장을 지나 내가 죽은 밤을 지나 차가운 달의 거리로
　젖은 가로수의 그림자들
　서로가 서로의 검은 물속으로 잠기는 밤
　익사체가 된 달들을 밟고
　잠길 듯 잠길 듯 위태롭게 버스는 달린다

음악

어항 속에서 놀다가 그만 숨 쉬는 법을 잊어버렸습니다
목소리만 존재하는 그가
한 편의 유서를 읽으며
내 머리채를 잡고 물속에서 끌어냅니다

동화연산 시기계장치의 탄생
함성호

강성은이 옹호하는 세계는 없다. 강성은은 아무것도 옹호하지 않음으로써, 자신이 부정(否定)하고 있는 세계를 드러내는 것이 아니라, 자신의 세계관을 부정(不定)한다. 너무 많은 해(解)가 나올 수 있는 방정식을 수학에서는 부정(不定)이라고 한다. 이 수학적 의미를 그대로 빌려와 설명한다면, 세계관을 부정(不定)한다는 말은 세계관이 없거나 무수히 많을 수 있다는 말이 된다. 무엇을 부정(否定)한다는 것은 어떤 것을 거부하면서 다른 하나를 택한다는 것이고, 부정(不定)한다는 것은 그 어느 것도 택하지 않거나 정하지 않는다는 것이다. 강성은이 이 정해지지 않는 이야기의 방식을 자신의 시적 방법으로 채택하고 있음은 물론이다.

비유장치

나는 강성은의 이 시적 방법을 '치명적인 선택'이라고 부르고 싶다. 왜 치명적이냐 하면, 문학과 예술에 있어 표현의 문제는 어떻게 상징을 얻어내느냐 하는 데 있기 때문이다. 하나의 대상을 정확하게 포획할 수 있는 상징은, 그 상징을 통해 다시 대상의 본질을 관통할 수 있다. 이 작용은 대상과 상징의 연관성이 정해짐으로써 발생하는 것이다. '개'라는 단어가 개라는 '실체'에 정해지지 않고서는 '개'라는 단어는 개라는 '실체'를 설명할 수 없다. 마찬가지로 한 시인의 세계관은 그 시인이 옹호하고자 하는 대상을 본질적으로 관통한다. 그 관통은 옹호하는 대상을 향하지만 그 의미망은 그외의 것들까지 포함하기 때문에 그 파장은 단순한 기표와 기의의 관계를 넘어서 나간다. 그리고 그것이 바로 문학과 예술의 힘이다. 그런데 주제를 정하지 않고, 즉 상징을 대상에 밀착시키지 않고 하는 이야기는 횡설수설일 수밖에 없다. 하나의 기의에 여러개의 기표가 달려 있거나, 하나의 기표에 여러개의 기의가 들러붙어 있다. 전자는 수다쟁이가 될 것이고, 후자는 벙어리가 될 것이다. 전자는 분열증 환자가 될 것이고 후자는 강박증 환자가 될 것이다. 상징은 정착할 땅을 못 찾고 끊임없이 흘씨처럼 부유하다 흩어져버린다. 그러니까 자연히 대상은 점점 존재하지 않는 것이 된다. 실체가 희미해지고 나중엔 사라져버린다.

결국 강성은의 '치명적 선택'은 아무것도 선택하지 않는 데 있다. 시가 상징을 버릴 수는 없다. 대상을 포기할 수도 없다. 그렇다고 대상과 상징을 대응관계로 가져가지도 않을 때, 강성은이 선택할 수 있는 경우의 수는 두 개가 남는다. 하나는 상징과 대상을 연결하지 않은 채 끊임없이 지켜보고 있는 것이고, 둘은 비유로 우회하는 것이다. 인간의 언어는 앞에서 설명했듯이 첫번째 경우를 끌어안을 수 없는 태생적 결함이 있다. 이 태생적 결함을 극복하기 위한 우회가 두번째 경우, 즉 비유라는 장치이다.

문학에서 비유는 수사법 중의 하나이지만 '장치'라는 말이 너무나 적절할 만큼 하나의 '기계'로 작동한다. 왜냐하면 어떤 대상이든지 비유가 가진 틀 속에 들어오면 일정한 의미로서의 상징이 갖추어지기 때문이다. 그래서 수많은 예언들이 비유의 형식으로 얘기되며, 선적 깨달음 역시 시의 형식으로, 비유의 체계 안에서 노래된다. 비유는 일종의 연산장치와 같다. 거기에 무엇을 집어넣든 간에 논리적인 답이 튀어나온다. 그 답은 비유라는 연산장치의 의도에 따라 같기도 하고 다르게 나타나기도 한다. 즉, 비유는 상징의 문제를 하나의 대상에 국한시키지 않는다. 상징과 대상을 부정(不定)하고 의미를 생산하는 데 이보다 더 유효한 장치가 없다. 이 부정(不定)의 장치가 시적 모호성과 결합하면 그 의미는 더 확대된다. 2000년대에 들어서면서 한국 시단은 이 (단순한 수사법으로서가 아닌) 비유의 장치와 시적 모호성을 결합하여 현실을 악몽으로 꿈꾸는 일군의 여성시인들을 만난다. 김민정 곽은영 유형진 등, 이들이 비유의 장치로 사용한 것이 바로 동화적 상상력이다. 이 일군의 여성시인들은 동화라는 비유의 체계를 바탕으로 현실을 악몽으로 수놓는 데 성공한다. 그 이전에도 동화적 상상력은 시의 한 갈래를 이루었다. 그러나 2000년대 이후에 나타난 여성시인들처럼 그것을 전면적인 장치로 들고 나온 예는 없다. 그리고 그것은 무엇보다도 상징과 대상이 직접적으로 일치하는 남성의 언어와는 달리 상징과 대상을 부정(不定)하고 전체에 대한 상징의 직조를 꿈꾸었다는 점에서 성공적이라고 말할 수 있다. 한국시에 있어서 그런 동화적 상상력의 등장은 두말할 것도 없이 구소련의 몰락, 동구권의 붕괴, 그리고 남한사회 군부독재의 종식 등, 여러 사회적 변화에 따른 시적 모색의 산물이었다. 이들은 대부분 부성을 잃고, 모성을 폄하하는 어린아이의 눈으로 자신의 성장을 억제했다. 스스로 성인이 되기를 거부하면서 이들이 노린 것은 기성세대의 허위를 가장 적나라하게 보는 것이었다. 그러나 불행하게도 시인들은 이미 성인이었다. 그들은 팔을 꺾고 허리를 부러뜨려 어린아이의 모습으로, 결과적으로는 기형으로 스스로를 만들었다. 이 시인들의 시에서 거의 공통적으로 보이는 그로테스크한 이미지들은 현실을 악몽으로 꿈꾸기 전에 이미 파산해버린 자신의 몸에 대한 절규이다. 그 절규에는 위악, 순진함, 천진함이 골고루 섞여 있다.

재귀순환의 논리

얼핏 보면 강성은의 시는 이들이 차지하고 있는 자리와 그리 멀지 않은 것처럼 보인다. 또 그렇고 그런 자기파괴적인 동화와 만났군,이라고 생각할지도 모른다. 그러나 자세히 보면 강성은의 신체는 '온전한 몸'이다. 그래서 가만히 들여다보면 이야기를 하는 사람이 이야기를 듣는 사람이라는 걸 알게 된다. 그때서야 우리는 강성은은 피터팬이 아니라 히끼꼬모리(은둔형 외톨이)라는 걸 비로소 눈치채게 된다. 다시 말해 다른 시인들이 동화적 상상력을 차용해 시를 위악적으로 뒤틀었다면, 강성은은 동화라는 연산장치를 그대로 자신의 시 속으로 가져온다. 마술을 이루는 현란한 눈속임을 보여주는 것이 아니라 마술의 메커니즘을 그대로 보여준다. 그런 의미에서 강성은은 마술사이자 마술의 관객이다. 이제 강성은의 마술에서는 마술이 중요한 게 아니라 마술의 메커니즘이 중요하게 된다. 그 메커니즘을 놓고 마술사와 관객의 집중토론이 벌어지는데……
결국 그 마술사와 마술의 대상, 관객은 같은 사람이다.

　　내 남편은 마술사예요
　　긴 모자 속에 숨겨둔 내 머리털 하나로 다시 나를 만들어요
　　나는 새로 태어나 당신이 가르쳐준 대로만 자라나요
　　안녕, 안녕, 안녕, 우리는 방긋 웃으며 주문을 외워요
　　천막 안으로 달이 거대한 몸을 밀고 들어와요
　　사람들은 출구를 찾지 못해 달에게 깔려 납작해져요
　　마술은 슬프고 우습고 달콤하고 거대하게 끝나가요
　　나는 태어났다 죽었다를 반복하며 천막 안에서만 살아 있어요
　　내 남편은 마술사예요
　　　　　　　　　　　　　　　　—「서커스 천막 안에서」 부분

　거대한 몸이 천막 안으로 밀고 들어오면서 납작하게 깔리는 관객들, 그리고 천막 안에서만 살아 있는 나, (내가 천막 안에서만 살아 있으므로) 내 머리 속에서 수프를 끓이는 마술사는 다 같은 한 사람이다. 그들은 천막 안에서만 살아 있다. 왜냐하면 천막 안에서만 죽었다 다시 태어

나는 마술이 가능하기 때문이다. 강성은은 이 천막 안의 현실이 악몽일까 길몽일까 판단하지 않는다. 그의 시 전편에서 이런 판단이 빠져 있는 것은 그가 이 현실을 어느 쪽의 시선으로도 바라보지 않으려는 부정(不定)의 태도를 유지하고 있기 때문이다. 즉 시적 부정(不定)의 상태를 유지하고 싶기 때문이다. 이 시가 단순한 동화의 차원에 머무르지 않고 우리에게 시적 울림을 전달하는 것은 독자에게 던져지는 강성은의 이 집요한 시선 때문이다. 마술사와 나와 관객이 재귀순환(recursion)의 그물을 쓰고 돌고 돈다. M. C. 에서의 판화는 그 이미지만 보면 상당부분 동화적이다. 그러나 그것이 동화로 읽히지 않는 것은 바로 그 재귀순환의 논리가 정연하기 때문이다. 강성은의 마술사와 나와 관객 역시 어느 것이 어느 것에 귀속되거나 이끌지 않고 고요한 평형, 즉 재귀순환의 긴장상태에 있다. 그러나 무엇보다도 그 긴장상태를 흩뜨리지 않는 것은 시인 자신이다. 그래서 이 시에는 마술사와 나와 관객, 그리고 시인이 있다. 그의 시 어디에나 시인이 있다. 그 시인은 강성은이 아니라도 상관없다. 이 시인은 강성은의 악몽을 대신 꿈꾸어줄 강성은의 화신이며, 동시에 강성은 자신이고, 강성은의 흑마술사이며, 흑마술의 대상이자, 관객이다. 그래서 강성은은 악몽으로 꿈꾸게 될 현실보다 자신이 꾸게 될 악몽이 더 궁금하다.

불구두와 바람샌들을 한 짝씩 신고 여자는 유령처럼
벽을 통과했다 담장을 넘고 지붕 위로 올라가 전봇대 옆
을 성큼성큼 걸었다 날렵한 뱀들이 여자보다 앞서 달려
갔다 모든 것이 캄캄하고 선명했다 여자는 *지붕 위에서
찾아가는 세계지도*를 펼쳤다 *지붕 위에서 찾아가는 세
계지도*의 저자는 이 도시를 통과하는 데 약 40분가량 걸
렸다고 했다 여자의 집은 지도에 나와 있지 않았다 지붕
위의 길은 스스로가 만들어야 했다 고양이와 새들과 물
고기가 만든 길에는 매끈한 달빛이 고여 있었다 여자는
서둘러 그 길 위에 발을 내디뎠다 누군가 여자의 머리채
를 확 잡아당겼다 뒤돌아보니 검은 머리칼들이 치렁치
렁 온 지붕을 뒤덮고 있었다 지나온 계절들에 튼튼히 뿌
리를 내리고 있었다 여자는 지붕 위에서 이빨로 자신의
머리칼을 물어뜯었다 머리칼들은 시리도록 차갑고 질겼
다 이빨들은 한꺼번에 소리를 내며 지붕 아래로 우수수
떨어졌다 별이 빛나는 밤이었다 지도에는 나와 있지 않
은 동네였다

—「지붕 위에서 찾아가는 세계지도」 전문

　그러나 그 악몽의 안내서 같은 것은 없다. 우르줄라 뷜
펠의 동화 『불구두와 바람샌들』은 아들의 성장을 위해 아
들과 아버지가 같이하는 여행 이야기다. 이 이야기에서 아

버지는 언제나 아들의 든든한 조력자이지만 결국 아들 스스로 해결할 수 있는 능력을 키우며 그럴 수 있을 때를 스스로 아는 것이 중요하다는 것이 이야기의 골자다. 여기에서 '불구두와 바람샌들'은 아들과 아버지를 지칭하는 말이지만 의미상으로는 여행을 상징한다. 강성은은 이 텍스트를 시의 맨 앞부분에 설치하고, "지붕 위에서 찾아가는 세계지도"를 펼친다. 그리고 뒤를 이어 "지붕 위의 길은 스스로가 만들어야 했다"는 문장이 배치되고, 그걸 알면서도 고양이와 새들과 물고기가 만든 길에 발을 딛다가 봉변을 당하는 장면이 이어진다. 맨끝의 "지도에는 나와 있지 않은 동네"는 이 여행이 지도를 그리기 위한 여행이라는 걸 암시한다. 그리고 그 암시는 여행을 상징하는 불구두와 바람샌들의 의미와 다시 연결되며 결국 "지붕 위에서 찾아가는 세계지도"의 저자가 바로 여행의 주체인 '여자'라는 것을 드러낸다. 「서커스 천막 안에서」와 「지붕 위에서 찾아가는 세계지도」는 같은 재귀순환의 고리를 만들어낸다. 이와같은 형식은 강성은 시에서 얼마든지 찾아낼 수 있다. 더군다나 어떤 좌절이나 재생, 혹은 위안의 형상으로서 귀가 늘어지고 머리카락이 잘리거나 길어지거나 하는, 자신의 신체가 자신을 옥죄는 이미지들은 계속해서 반복된다. 머리카락에 대한 집착만 살펴봐도,

상처 없이 머리카락은 바닥까지 자라나 있었다(「12월」)

둥뒤에서 악령들이 내 긴 머리를 땋는다(「환상의 빛」)

바람이 검은 머리칼을 휘날리며 계곡으로 마차를 몰
아 달리다(「잠의 형제」)

긴 모자 속에 숨겨둔 내 머리털 하나로 다시 나를 만
들어요(「서커스 천막 안에서」)

어느날 소년들의 머리 위에 새하얀 집을 짓는(「봄」)

키 큰 나무들이 아이들의 머리칼을 쓰다듬으며(「물속
의 도시」)

내 머리채를 잡고 물속에서 끌어냅니다(「음악」)

이와 같이 지속적으로 쓰인다. 머리카락은 인간의 신체 중
에서 손톱과 더불어 잘려도 계속 자라는 드문 부위이다.
그래서 꼬리가 잘려도 다시 생성되는 도마뱀의 이미지와
도 연결되며(에서는 도마뱀으로 끝없이 반복되는 재귀순
환적 논리를 형상화했다), 꿈의 해석에서는 집착, 해결되
지 않는 문제 등으로 읽힌다. 전혀 새롭지 않은 아주 전형
적인 상징이다. 귀, 발가락 등 신체에 대한 이미지도 넘친
다. 강성은은 마치 처음 눈뜬 아이가 자신의 신체를 신기
하게 바라보듯 육체를 낯설어한다. 그것은 자신의 일부가
아니라 나타났다 사라지는 이상한 광경이다. 그것은 '서커
스 천막 안에서' 이루어지는 마술과 같은 것이다. 다시 태

어나고 싶다든가, 뭔가 새롭게 세우고 싶다든가 하는 욕망의 발현이 아니라, 서커스와 같이, 마술처럼 공연되는 단지 객관적인 대상일 뿐이다. 이 정해지지 않은〔不定〕 욕망을 강성은은 영국의 어린이용 노래인 『머더구스의 라임』(*mother goose's nursery rhyme*)에서 찾아낸다.

19세기에 정리된 『머더구스의 라임』은 영국의 전래동요다. 그런데 그 내용을 보면 어린이에게 맞지 않는 것들이 상당수 들어 있다. 살인 의도를 표현한다든가, 목을 졸라 죽인다든가 하는 것은 약과고, 심지어는 사람을 먹어치우거나 반으로 갈라 죽이는 내용, 사람을 눌러짜서 죽이는 내용도 있다. 가히 2000년대 한국시의 그로테스크를 보는 듯한 느낌이 들지 않을 수 없다. 강성은은 이 라임의 구조를 그대로 가져온다. 비유의 장치로서 머더구스 라임기계를 들여놓는다. 그리고 그 기계에 재귀순환적인 논리연산을 실행한다. 그 결과 『머더구스의 라임』의 서커스는 강성은의 천막 안에서 끝없이 반복순환되는 고리를 만들어낸다. 강성은의 「누가 그레텔 부인을 죽였나」는 『머더구스의 라임』에 있는 「누가 울새를 죽였나」와 구조가 거의 흡사하다. 그러나 질문과 대답으로 시종일관하는 「누가 울새를 죽였나」와 달리 강성은은 「누가 그레텔 부인을 죽였나」에서 질문의 대답에 전제를 달면서 다음 질문을 끌어낸다. 다음 질문은 필연적으로 다음 대답에 또다른 전제를 발생시키고, 이어지는 질문과 대답과 대답의 전제는 드디어 죽은 그레텔 부인을 일으켜 노래하게 한다. 그러고 나서 이어지는 후렴은 "누가 그레텔 부인을 죽였나"이고, 마지막 행은 "누가 내 사랑스런 그녀를 죽였나"로 끝맺는다.

누가 그레텔 부인을 죽였나
자줏빛 스카프가
내가 아름다운 두 팔로
그녀를 목 졸랐네,라고 말했네

누가 그녀가 죽는 것을 보았지?
마룻바닥이
내 커다란 눈으로
떨어지는 핏방울들을 보았네,라고 말했네

(…)

누가 그녀의 감은 눈꺼풀을 열고 눈알을 뽑지?
음악이
그녀의 목소리를 준다면
내가 그녀를 눈뜨게 하지,라고 말했네

누가 그녀를 깨워 노래 부르게 하지?
고통이
그녀가 지금도 나를 기억한다면
내가 그녀를 일으켜세워 노래 부르게 하지,라고 말했네

그레텔 부인은 하루 온종일 노래 부르네

누가 그레텔 부인을 죽였나
누가 그레텔 부인을 죽였나
누가 내 사랑스런 그녀를 죽였나

　　　　　　　　　　　—「누가 그레텔 부인을 죽였나」 부분

　그러니까 이 모든 사단은 그녀가 고통을 기억하면서부터 일어난 것이라는 게 드러난다. 시의 마지막 연에서 다시 첫번째 질문이 탄생한다. 그러나 다시 반복되는 첫번째 질문은 같은 문장이어도 다르게 읽힌다. 왜냐하면 우리는 이제 모두 알고 있기 때문이다. 그레텔 부인을 죽음에서 일으킨 것은 고통이라는 것을. 그 고통을 기억하며 다시 읽어나가는 이 시는 그야말로 처절한 울음으로 넘친다.

　강성은은 한국시단에 새로운 기계를 선물했다. 강성은의 이 새로운 이야기 형식은 (이 시집의 첫번째 시의 제목이 천하룻밤 동안의 이야기꾼 '세헤라자데'이고 그 첫 문장이 "옛날이야기 들려줄까"란 것을 기억하면서) 새로운 걸 창조하지도 않고, 충격적인 전언도 없이, 있던 것들을 연결하면서 이루어진다. 그 연결의 고리를 이어주며 강성은의 시는 변신한다. 시 자체가 고정된 하나의 의미를 거부하고 상징과 대상을 미끄러지며 유동적으로 흘러다닌다. 그러나 이 흐름은 '구두 속에서 나오지 않고'(「구두를 신고 잠이 들었다」) 만들어낸 흐름과 유랑이란 걸 우리는 기억해야 한다. 한번도 꽃을 본 적이 없는 세공사가 만들어낸 꽃을 두고 사람들은 두 가지 질문을 할 수 있을 것이다. '얼마나 실제 꽃에 가까울까?'와 '얼마나 아름다울까?' 강성은의 시는 이 두 가지 질문에서 비켜서 있다. 그 비켜선 자리에서 그 두 질문을 이어주는 동화연산 시기계장치가 탄생한다. 이 기계를 보라!

咸成浩 | 시인

작은 여자아이였던 내가 작은 여자어른이 되었다.

그것을 마술이나 기적이라고 부를 사람은 아무도 없겠지만 어쩐지 나는 모든 사람의 마술, 세상의 모든 마법으로 둘러싸여 있는 기분이다. 소년소녀들을 위한 세계문학전집에서 보았던 기이한 세계처럼.

이 세계를 무엇이라 부를까. 도처에서 번득이며 투명한 손으로 나를 잡아당기는, 결코 다다를 수 없어서 빛나고 아름다운 그곳을. 시라고 불러도 좋을까.

이 세계에 당신도 있었으면 좋겠다.

그리고 당신이 부끄러운 내 악수를 반갑게 받아주었으면 좋겠다.

2009년 6월
강성은

창비시선 303

구두를 신고 잠이 들었다

초판 1쇄 발행 / 2009년 6월 22일
초판 16쇄 발행 / 2025년 6월 5일

지은이 / 강성은
펴낸이 / 염종선
책임편집 / 이상술
펴낸곳 / (주)창비
등록 / 1986년 8월 5일 제85호
주소 / 10881 경기도 파주시 회동길 184
전화 / 031-955-3333
팩시밀리 / 영업 031-955-3399 편집 031-955-3400
홈페이지 / www.changbi.com
전자우편 / lit@changbi.com

ⓒ 강성은 2009
ISBN 978-89-364-2303-2 03810